청어詩人選 427

눈물 나는 날

청본 김정희 시집

청어 도서출판

눈물 나는 날

청본 김정희 시집

시인의 말

늘 글밭 주위에서 맴돌기만 하다가
발목 잡혀 예까지 왔습니다.
창고에 움츠려 쌓여 있던 시들을 한데 묶어
세상 밖으로 첫걸음을 내보입니다.

처음 글을 쓰던 그때를 떠올립니다.
아픔과 그리움으로 삶에서 엮은 빗소리들이
단 한 명의 독자분에게라도
긴 울림 있는 시가 되기를 바랍니다.

내가 쓴 문장이 주관적이든 객관적이든 공감을 끌어내어
소낙비 그치고 햇살 비친 하늘처럼
가슴으로 와 닿기를 바라며
환하게 웃어보렵니다.

2023년 겨울
청본 김정희

차례

1부   블랙 코미디

3부   눈물 나는 날

4부 사랑, 아픔, 그리고 고독

1부

블랙 코미디

연무가 온 세상 회색 칠을 하고 있다
사람들은 멋있다고 셔터를 누르지만
두려움이 앞서는 건
그 뒤의 가려진 그을린 세상

블랙 코미디 1

끝도 없이
주저리고 있다
추억의 잔재 만질 수 없어
가슴에 가득 써 내지만
표현뿐

어디에도 찾을 수 없다

지금 웃고 있다고
보이는 게 다가 아니다
도마 위에 오른 생선
이와 같을까

때로는 능숙한 기술로
사람들을 시선을 사로잡는
속임수의 마술사
고개 숙여 차갑게 웃어본다

마지막 아픔까지
웃고 있는 모습과
어둠을 바라보는 차가운 눈빛
독백의 블랙 코미디

명품 백

시장에 가면
행복한 명품 백을 든 사람이 많다
살다가 스트레스 받으면
저렴한 옷 한 벌로 보상받으며 기분을 업하는

시어머니 맘 편하게 해 드리고
남편에게 선의의 거짓말로
가정의 평화 지키는
명품 백 속의 비밀

그 속에 함께 들어있는 맛있는 찬거리
오늘 저녁 밥상은
행복도 함께 차려진다
까짓거 맘 놓고 못 사겠냐마는

마음을 배려해주는
선의의 거짓말인 최고의 명품은
까만 비닐 명품 백이다

여름이 울었다

여름이 봄에게 말한다
그냥 머물러있어 달라고

바람이 스스로를 내어주던
선선하던 나무 그늘에서
동네 집집 숟가락 숫자 세고
아삭아삭 수박 깨물며 웃음 짓던
환한 여름은 어디로 간 걸까

연무*가 온 세상 회색 칠을 하고 있다
사람들은 멋있다고 셔터를 누르지만
두려움이 앞서는 건
그 뒤의 가려진 그을린 세상

지금 무슨 일이 생기는지
이미 어둠의 길을 걷고 있는 것이다
얼마만큼 길을 잃어야
제자리를 찾을 수 있을까

낮과 밤을 포기하고 떨쳐 내려놓는 순간
여름이 오는 게 무섭다고
여름이 버거워하며 밀어내는 이유
봄도 울고 나도 울었다

*대기 중에 먼지, 연기나 오염물질 등의 고체 입자가 부유하고 있는 현상

쉿

밀쳐냈던 이불을 끌어당기게 되는 가을 문입니다
쉿~!
여름 비밀은 그냥 두고 오세요

가을바람이 살랑살랑 말리며
살포시 여름을 밀어내고 있네요

송이구름 한 점 내려받아
도화지 잔에 진한 커피 한 방울 톡 터트려
따뜻한 말 적어서 너에게 건네고 싶어요

어떤 날은 설익은 농담으로
어떤 날은 무르익은 술맛으로

누군가를 기다리는 가을 창문 밖의
흔들리는 억새 바람 되어 걸어두라고

낙화(落花)

봄바람이 가슴 뜨겁게 날갯짓한다
화사함은 잠시 찾아왔었다
그러다 여우비 내린 듯 낙화

흩뿌리며 사라져간 날들이다

봄이 떨구는 벚꽃의 사연들은
눈부시게 빛을 발하던 절정으로
위태로운 길 끝에서
찰나의 짧은 생 빛나게 살았던가

끝내지 못한 아쉬움은 간데없고
핑크빛 석양 내린 그 길에
꽃비 밟으며 서 있는 기억의 그리움이여

켜켜이 쌓은 계절의 이 아련함은
감성에 묶인 채 꽃빛 조각으로 남겨지고

오선지의 봄

봄빛 그윽한 꽃향기
수줍은 유채색 떨림으로
오선지에 푸릇한 악보로 봄날을 그린다

물비늘 곱게 이는 윤슬은
소녀의 순수함을 닮아
청아한 물빛의 블루호수를 뽐내며

프리지아 향기와 바람의 부드러움이
시선이 머문 호수 곁에 멈춰 세우고
대낮 청초호수에 빠진 낮달에 기대어

소박한 느낌표 하나
청록의 봄 음표를 띄운다

소풍

은빛 햇살이 수첩 속 알람을 울린다
모순도 욕심도 많았던 삶 꿰어가던
비우지도 버리지도 못한 그늘 안의 무게들
가을 들녘 억새처럼 흔들리던 게 한두 번이더냐

무지갯빛 꿈이었던가
기나긴 항해에서 만났던 숨소리
진한 감동의 파장으로 웃고
가슴속 깊은 좌절의 절규로 울고
뜨거운 바다를 기억하는 소풍 같은 날들이었다

그렇게 흔들리는 게 좋았다

최선을 다해 잘살아왔기에
빛바랜 도착지 한쪽에
시간의 조각들을 내려놓으며
나는 93번 바다로 간다

내 주검 앞에서 건배를 외쳐주길
시집 한 권 곁에 끼는 멋 부리고
그렇게 난, 비 오는 날 소풍간다

건망증 1

정신을 어디에다 두고 왔는지

언니에게 걸 전화
친구에게 수다 떨고
가스 불 냄비 국물 넘쳐흘러도
베란다 바깥 풍경 넋이 나가고
업은 애 계속 찾아 헤매며

아, 낙오되는 위기감
단기 기억장애다

냉장고 속의 리모콘
얼어가고 있다

건망증 2

살며 이루지 못한
뭔가 있더라도 아쉬워 말자
건망증을 빌미로
때론 모른 척 하자

내 안에 남아있는 재
망각하면서 살아간다는 건
참으로 다행 아닌가

건망증을 변명하지 말자
지우고 싶은 기억
때로는 잊어버리고픈 게
최고의 행복 아닌가

갱년기 1

그녀는 늘 목마르다

그녀의 의도와는 반대로
제어되지 않는
가슴 밑바닥에서 뜨거운 무언가가
그녀를 전율시키고 있다

나뭇가지의 작은 흔들림에도
가늘게 내리는 처량한 빗소리에도
누군가가 가져주는 가벼운 관심에도
군중 속의 고독이라는
심한 빗줄기가 내릴 때가 있다

무엇엔가 들킬까 노심초사
불안에 빠진 그녀는 지금
우울한 갱년기를 앓고 있습니다

갱년기 2

지독한 가슴앓이
감추고만 싶은 좌절감
가벼운 바람에 흔들리는
서러운 눈빛
그녀만 이방인이다

붉게 물든 노을
두근거리는 상실감
그녀의 지독한 갱년기는
부끄럼이 없다

반복되는 일상의
중독 때문만은 아니라고
잠시 머물다가는 갱년기
집착하지 말자고

그녀 마음을 아는
날씨도 따라서
갱년기를 앓고 있다

기다리는 바보

오랜만에 만난 지인이
언제 밥 한번 먹자, 술 한번 마시자,
안부를 물으며 툭 던진 말

그 사람은 기억조차 못 하는데
그저 인사로 던진 빈말을
기린 목, 달맞이꽃 되어
해바라기마냥 기다린다

밥 한 끼, 술 한 잔,
먹고 마시고 싶어서가 아니라
사람이 그리워
함께 이야기를 나누고 싶어
오늘도 바보가 되어 기다린다

언제라는 전제로 깔아놓은
선의의 거짓말
언제가 될지 모르는 그 말

나도 누군가에게 수없이 던졌을 그 말에
바보가 되어있을 그 사람은

아스팔트 위의 화석

동물들의 차가운 세상
오늘 밤도 자동차의 쏜살같은 속도가
매일 아스팔트 위에서 장례식을 치르고 있다

그들의 땅에 지옥길을 내주며
당당히 침범한 인간의 욕심

선연한 핏빛 살짝 비켜 지나쳐
목적지까지 마음 아파하며 가곤 하지만
지워지지 않는 그들의 잔상
최소한의 도덕심은 두 손으로 핸들 꽈악
움켜쥐고 천천히 달리는 것뿐

새벽이 올 때까지 납작 눌려
영원히 아스팔트를 떠나지 못하고
화석이 되어가는 그들의 주검

잠들어있는 새벽
지금도 죽어갈
또 죽어가는 한 마리
망연(茫然)하게 죽음을 맞으리라

태풍

하늘에게 외면당한
혼돈 속 도시에서
굳게 닫힌 벽을 만들어
무표정으로 미소 짓고 있다

아름다운 자연을
배신하여 살아온 변명으로
하늘이 만든 재앙(災殃)이라 하며
고통의 늪에서조차
고개 들어 부정하는
인간의 모습

돌아갈 수 없는
뒤늦은 시간
산그늘 마지막 햇빛이
사라질 시간

선택

자랑질도 하며 살자
자기를 사랑해야
스트레스 없어지지

미친 척도 하고 살자
나보다 못하니
행복해지지

바보이니까 바보가 돼야
살 수 있지
그래서 그렇게 사는

여전히 똑똑한 바보

비리 파는 편의점

비리 부정부패 팔아요
아주 쉽게 살 수 있어요
정치부패, 사법농단, 기업탈세
공무원청탁, 학교청탁, 유치원비리
손바닥으로 하늘까지 가리는 비리
아주 다양합니다

여긴 없는 게 없는 편의점
작은 비리 줄까요
큰 비리 줄까요
그런 말 마세요
어차피 오십보백보

오래도록 부패한 비리
세일도 한답니다
서둘러 오지 않아도 괜찮아요
천천히 와도 괜찮아요
세일 중에 다 나갈까 걱정 마세요
항상 새로운 물건 들어오니까요

어서어서 오십시오
부패인식지수 높여야지요
여긴 없는 게 없는 편의점이잖아요

P/S: 청렴한 마음님은 "입장사절"
그 맑은 마음에게는 절대 팔 수 없는 편의점입니다.

무죄

백사장 달빛 밭에 앉아있었어
그냥 얌전하게 있질 못했어
거나하게 마신 술이
객기가 되어
유행하는 불꽃놀이
양손에 쥐고
팡팡 정신없이 터트리며
영화 속 주인공 되어버렸어
내 나이 마흔넷에 정신 차렸고
어젯밤 취한 객기 떠올려 보며
아직도
갈등 많은 친구에게
말해주겠어
너도 한번 해보라고,
한번은 미친 척도 하며 살라고

마스크

언제 한번 이렇게
지독한 관심 받은 적 있었던가

그들은 소유하기 위해
힘든 날을 통과하고 있다
세상에 모든 것은 쓸모가 있다
지금 너가 그렇다

내일이면 다시 일상으로
외치고 싶다 소란스럽던 몇 날
가치 있었다고

14일 후

보이지 않는 적이
아침이 되면 반복 출현하는
깨지 않는 악몽의 공포

14일의 무한한 시간 루프
내일이 되어도 다시 오늘을 만나고
내일이 되어도 14일 후가 되는 블랙홀
우리는 심한 상상 바이러스에 맞서
심리방역과 함께 싸우고 있다

벗어나자!
이 지독히 반복되는 무한의 블랙홀을
함께하자 함께 가자
새로운 하루
오늘은 내일이다

너는 누구니

오늘도 무사히
실감 나는 말
요리조리 피해도
보이질 않네
옆에 있나
뒤에 있나 오리무중

옆에 잡은 손목도
뒤에 안은 바람도
안개 속에 가려 있는
네가 무섭다

내가 먼저 부딪히면
피하는 공포
네가 먼저 피하지만
회색빛 현실

다시 또 돌아오는
너는 누구니

바이러스의 역습

지금 우리 곁에 도사리는 질병
감염의 원인은 미스터리가 아닌
우리가 만든 오염원, 치명적이다
수레바퀴처럼 돌아오는 원리

우리가 뿌린 재앙, 지구가
지독한 반격 시스템을 가동했다
그들이 인간 바이러스를 없애려고
역습을 시작한 것이다
자승자박 지구계엄령
더 이상의 방역망 통하지 않는다

사재기에 속고 속이는
인간성을 상실한 이익 편취
나 자신만 예외라는 어리석은 인간
배려 없는 은폐, 공유 안 한 바이러스 정보
침묵으로 부화뇌동하며
불의를 부정하는 사후약방문

한 명에서 무한배수
살아있던 도시 회색빛 적막만이
처절한 공포의 고립이다
2020년 인간의 위기
우리는 갈 곳이 없다

얼마나 많은 뭇매를 맞아야 정신을 차릴까
인간이 만든 탐욕의 결정체
유일한 탈출구, 최고의 면역력은
환경과 생태계를 보호하는 것

바이러스, 반드시 돌아온다
기억해야 한다
영원한 사멸(死滅)은 없다고

침묵

시적인 풍경이 시간으로 흐르고 있다
익숙한 외로움은 내방에서
나를 기다리고 돌아와야만 했다

어둠이 깔린 방안의 침묵은
회색빛 우울로 소리 없이 가로막고
밤하늘 별들과 미세한 먼지만이
침묵을 깨운다
아이스크림으로 허기를 떨쳐버리며
낯선 오늘을 대신한다

내일이 또 오겠지
반복의 일상에 고개를 떨어뜨려
눈 한번 깜박이고 나니 환상이다
통과의례처럼 우리는 가고 있다
꽁꽁 언 땅으로

하얀 전사들

코로나19 바이러스로 격리 시절에 갇힌 채
자신을 헌신하는 코로나 방역전사
강력한 무기인 단합으로
보이지 않는 적과
총성 없는 전쟁 중이다

방호복 무기만을 장착하고
몸으로 막고 부딪치며
극한의 고통 이겨내는
최전선의 하얀 전사들
섭씨 1,000℃ 이상인
그 뜨거운 열정

밤하늘의 별보다도
더 빛나는 영웅들
최고의 수식어로 표현해도 모자란
고귀하고 숭고한 희생정신
존경이라는 말은
당신들에게 쓰는 말입니다

블랙 코미디 2

모두가 주인공 되어
지구라는 무대 위에서 춤사위

참 지독한 저 코로나19

블랙 코미디 3

봄이 오려다 주춤
얼어버린 저 창문 너머

생존본능이 만든
최고의 아름다운 눈빛 연기로
희망을 쓸어 담아 웃고 있다

참 힘들게 하는 현재 진행형
장편작 코로나19 바이러스

지금 1

세상이 어지럽게 돌아가고
모두 같이 뱅뱅

우리는 얼마나 멀리 떨어질 것인가
어디에서 희망의 메시지를 찾을 것인가

지금 2

거리를 둔다는 건 많이 생각하고
생각할 수 있는 시간을 버는 것이다

수없이 보냈던 메시지
지구에 오다가
우리가 뿌린 덫에 걸려
피부에 닿지 않았을 뿐이다
엉망으로 만든 건 우리다

거리를 둔다는 건
생각할 수 있는 시간을 버는 것이다
실체 없는 유령으로 경고하는 것이다

2부

은행을 털다

저무는 가을 길목
절망하고 희망하는 우리 모두
공범이 된 오후

공범

눈부신 쇼핑센터
욕구에 찬 사람들이
순간의 충동에 즐거워하며
바람의 부푼 가슴을 안고
내가 아닌 네가 되어
카터 속 쌓여가는 명세표 줄

소나기 맞은 욕망
나는 이방인이다

순간의 즐거움 뒤
머리 안 가득히 날카로운 바늘이 된
무거운 시간 뒤엔
네가 아닌 내가 되어
카드 속 절망적인 명세표 줄

쇼핑과 카드는 구속되었다
공범자로

은행을 털다 1

저무는 가을 길목
절망하고 희망하는 우리 모두
공범이 된 오후

IMF로 숱한
좌절의 아픔을 앓았을 그대들
부풀어 오른 가슴으로
출납을 하고 있다

주동자의 완벽한 곡예
노란 열매 길목을 덮을 때
절망과 희망을 반복하며
무지한 설움의 삶 추슬러
오래도록 은행을 털던 그날
울었습니다

아픔의 손 맞잡고

은행을 털다 2

바람 이는 가을날
제2의 IMF로 방향을 잃고
잃어버린 것들에 대한 안타까움
은행을 털고 있다

상황을 벗어나기 위해
시도한 은행털이
빠져나오지 못한 채
세상의 가해자들이 파놓은 함정에 갇혀
슬픔까지 폐허이다

비워놓은 오후
은행이 내려앉는다
허둥지둥 완전한 잠입
두려운 출납을 하고 있다
훔쳐낸 은행 둘러메고
신음 같은 희열 토해낸다

알 수 없는 몸서리의 껍질 벗겨
흐르는 세월에 세상을 씻어
행복한 곳으로 진입을 시도한다
파출소 옆 은행을 털며

노숙자

인생은 쉼 없이 오가는데
목적 없는 그대
안타까운 어깨 위
무거운 설움의 짐

버려진 인간사
차가운 시멘트 바닥
짓밟힌 흐느낌이어라

살을 에는 추위를
한 개비 담뱃불로
시름 날리고
한 장 신문에 위안을 삼는

그대
떠도는 삶의 노숙자

숨바꼭질

눈을 감고
시간의 소리와
세월의 소리를
들어보았다

어느새 다가온
40대의 숨바꼭질

절정의 삶
아직
시간의 틈새에 머무는데

잠자는 세월에
세포를 건드려
돌아보아 잡은 건
철없는 마음 하나

속절없이 가버린
세월 따라 다가와
돌아보아 잡은 건
40대의 숨바꼭질

장날

시끌벅적 흥정의 하루
착한 인정이 펼쳐지고
희망을 팔고 있다

굵어진 등뼈
은회색 노인의 주름엔
목젖까지 차오르는
가냘픈 처연함이

사랑이 가득 담긴 갖가지 나물, 약초
쟁기들의 기다림
세상 살기 투덜거렸던
장사꾼의 막걸리와 넋두리

모진 세월 자국만 남은
할머니의 고쟁이 속 잔돈푼의
희멀건 희망처럼
남대천 낮 빛에 해거름 늘어서면

숨 크게 쉬어
시름 툭 털어내고
시장도 삶을 추스르고
회색빛 인정을 뒤로하고
흥정의 하루는 몸을 누인다

매듭 달을 보내며

에스프레소커피 유난히 생각나는
그리움이 가득한 달

숨 쉬며 살아가는 방법으로
마음속에 차곡차곡 쌓아놓은
보내지 않은 편지들이
가슴 시리도록 슬프게 합니다

길가의 가로수처럼
가지런한 달력 속에 끼어든 약속들
지키지 못한 나날 지나갑니다

삶의 가시처럼 실체가 없는 미움도
많이 보고 싶은 그리움을 은폐시켜
가슴 한구석을 아려오게 합니다

일 년의 톱니바퀴 속에서
준비 없이 사라져간 그 시간 속으로
잠시 나를 내려놓고 여유롭게 숨을 고르며
매일 같은 일상의 반복이라도
꼭, 특별한 날을 꿈꾸며
매듭 달을 보냅니다

합병증

보내야 하는 나의 사랑
구속해버린 세월의
슬픈 미소 머금은
일그러진 너의 역사
함성을 지르고 비명도 지르며
세월과 충돌하며
저만큼의 속도로 달려왔다

너에겐 묘한 힘이 있어
바라만 봐도 마음 든든해졌고
인생이 버거워 지칠 때
네가 있어 삶의 생기가 돌고
나의 희로애락 엿보곤 하던 너

너의 아픔 너무 늦게 알아버려
배터리 이식, 오일 투석
장기 전체를 수술했지만
합병증에 걸려버린 너를
고달프게 달려온 네 삶의 행로와 함께
이제는 보내야 한다
형체를 알아볼 수 없이 변해버려
내 가슴에 커다란 상처 입는다 해도

딱 하루만 슬퍼하며

하룻밤의 동거

앗, 따거
새벽 정적 속에 들리는 울림
사방으로 둘러쳐진
경비병의 빈틈을 타
면역력 질긴 가을의
공포의 습격은 막을 수 없었다

온 밤
내 몸으로 스며든 너
무수히 쿡쿡 찌르며 짓밟고 갔는지
밤새 뒤척인다

하룻밤이면 만리장성을 쌓는다며
입가에 조소의 빛이 역력하고
비웃는 양 미동도 없다

노려보며 감금시키고 비수가 되어 공격
체념한 너를 해부해보니
네 몸속에 내 소중한 빛
핏빛이 아찔하네

꽈리

한여름 더위를 자양분 삼아
불꽃처럼 타오르더니

온갖 풍우에 시달려
붉은 옷 벗고
마알간 씨앗과 갈색 그물망의
벌레 먹은 잎맥만이
텅 빈 슬픔 토하는구나

자화상

떠밀려 가는 세상 속에서
허둥거리는 일상의 삶들이 들썩인다
걸어온 길의 흔적은
어떤 모습으로 남아 있을까

바래어져 간 수많은 중년의 빛깔
만나지 못하고 지나간 어제가
등 뒤에서 어깨를 툭 치며 속삭인다

부딪치고 살아가는 것
소중한 삶이라고
견디어 산만큼 살아온 세월
헤쳐나가는 지혜도 얻는다고

주름이 늘어가는 만큼 살아온 깊이
삶의 양분이 되어
적절한 빛깔과 향기를 갖는
아름다운 중년이라는 닉네임

땅따먹기 1

할머니의 무자본 땅따먹기는
오랜 시장생활에서 찌든 삶의 무기
그 억척스러움으로 아들딸 다 키우고

지붕으로 펼쳐진 파라솔 1개에서
야금야금 늘어나 10개
할머니의 땅따먹기
어느 부동산의 큰손 복부인이 따를까

오래된 낡은 의자도 덩달아 버티기의 달인
그 의자의 힘은 견고하고
할머니의 땅따먹기는 현재도 진행형이다

땅따먹기 2

목소리 크고 남 하는 건
다 따라하는 아줌마
오늘도 일당백의 전쟁을 치른다

그 아줌마 매일매일 큰소리
옆 지기도 덩달아
버티기 아우성이다

건너에서 레몬 팔던 그녀
상처만 안고 떠나고
도미노이론에
바라만 보던 그녀들도
이유 없이 당했다

땅따먹기의 복병
부부땅따먹기다

땅따먹기 3

아저씨의 사각 탁자는
오늘도 호시탐탐 예리하게
빈틈, 빈 공간을 노린다

과일집에서 경비병으로 세운
사과고무대야가 너무 둥글다
향기로운 과일향도 요지부동

경계선 무너진 지 오래
그 아저씨의 우스운 먹이사슬이다
땅따먹기에 마음마저
울타리를 치고 사는 건 아닌지

최종수비수 사과궤짝이
오늘 밤엔 든든할까

땅따먹기 4

비릿한 생선 냄새
하루치의 치열한 삶이 시작이다
비뚤비뚤한 난전 비집고
자리다툼 전투

투박하게 뱉어내는
뭉툭한 삶의 언어
잔뼈 굵은 생선좌판의 반란

생선 파는 아줌마의 땅따먹기는
구획정리 흐트러진 틈
눈치 빠른 생선꼬리가 침범이다

땅따먹기 5

소박한 정감
사람 냄새, 인정의 냄새 풍기며
아침부터 아우성인 시장 땅따먹기

후덕한 형님아우 손에서 손으로
오가는 막걸리가 데탕트*다

*긴장이 풀리는 화해의 분위기 조성 상태

할머니의 전시작품

오랜 세월 할머니와 해로한 초가집
자연이 주는 혜택을 고스란히 받아
한가득 자연을 들여앉히고
살아가는 할머니의 깊고 주름진 삶이 있다

초가집 앞마당은 할머니의 작품전시관
초가집 처마에 주렁주렁 달린
빨간 고추 말리기는 전시작품
할머니의 거칠어진 손이 작가

어느 화가도 모방할 수 없는
최고의 걸작품
할머니의 전시작엔 초상권이 없다
관람객은 강아지, 사진작가
고향집 정겨움에 지나가는 나그네

할머니의 전시작은 그리움, 정겨움, 따뜻함이다
세상에 이보다 좋은 작품 또 있을까

빨래 1

명품에 휘감기고
검게 그을린
온갖 비리가 한데 엉켜 돌아간다

빨래 2

세탁기 속에서
세상의 아우성
한데 엉켜 돌아간다

만년 과장의 비애
샐러리맨의 원치 않는 아부
외국인노동자의 설움
쪽방에 사는 사람들의 울부짖음
주인아주머니의 "방 빼!"라는 고함

서민들의 삶이 돌아간다
저마다 제 삶의 무게를 재며
힘든 하루를 외치며

헐헐~ 헐헐~
빨래의 아픔을
뜨거운 저 태양이
따스하게 걷어가기를 희망한다

풍경소리

집안의 풍경,
소리가 크게 나면
부자 된다는 말
귀동냥으로 얻어들었다

그날 이후 우리 집 현관문엔 어느새
여러 개의 풍경이 달렸고
여닫을 때마다 마냥 시끄럽다

오늘 아침도 풍경소리
사정없이 딸랑거린다
부자 될 거라 외치며

대문 앞 남자

12월의 시멘트블록
엉덩이를 앉힐 한 뼘만 빌려
꾸역꾸역 마른 빵을 입속으로
허겁지겁 구겨 넣는 저 거친 삶

따뜻한 커피 한 잔 건네니 고맙다며
축 늘어진 어깨 뒤로
숨고 싶은 기억 저편의 자존심이다

"집이 요 앞이에요"
애써 말하는 모기만 한 목소리
온몸에 뒤집어쓴 시멘트 가루가
그 남자의 하루를 말해준다

남자의 꽉 다문 입술이 선한 미소로
넘어가는 노을에다 뭉툭하게 내뱉는다
몇 번 쓰러져도 나 아직 죽지 않았다며

버려진 이 사회에 더 이상 밀리지 않고
절대 주저앉지는 않을 거라고
내일은 모레는 더 나아질 거라고

지고 있는 노을이 두 손 치켜들고
힘내라며 오래도록 붉게 빛난다

3부

눈물 나는 날

슬픔의 눈물 마르기 전에 기쁨의 눈물 흘리자고
까만 세상 하얗게 손을 잡자고
우린 서로 같은 하늘을 보고 있다고

눈물 나는 날

이제는 지워야 한다고
폰 안에 저장되어있는
주인 잃은 전화번호
한 분 한 분 생각에
괜시리 저리고 눈물이 납니다

지병을 앓다 돌아가신
안타까운 지인
교통사고로 슬프게 가버린
사랑하는 동생
많이 힘들었는지 스스로 생을 마쳐
가슴 아프게 한 친구
술을 너무 좋아해 술병으로 세상을 떠나
많이 속상한 이

긴 수명 시대에 호상으로
떠난 분도 있지만
눈물 나는 시린 하루입니다

그렇게 오래도록 지우지 못해
주고받은 아련한 기억들을 꺼내보곤 했지만
이제는 정말 지워야 하는데
아픔의 숫자가 이리도 많았던가……

주인 잃은 번호들을
하나하나 지우다 먹먹해지는
눈물 나는 날

나는 고향집으로 간다

허리가 반으로 잘린 이념이별에
갈 수 없는 안타까움은 그리움으로 남고
격동의 상처 겪은 유월의 한
아바이 마을에 뿌리내리며
억척스럽게 달려온 비릿한 세월

고향을 등진 설움 한숨으로 씻어내며
가슴 먹먹하게 살아온 실향민 애환은
슬프고도 아픈 가슴의 흉터로 남아
눈물, 한숨 시름 풀며 부딪치는 아우성

민들레 홀씨 되어 날려 온 고향의 바람
매일 매일 절실하게 그리운 것은
북녘땅에 함께 놀던 고향집마당

아직도 끝나지 않은 이 비극의 역사
등 돌렸던 71년의 한과 혼을 담아
오늘도 수없이 통일의 길로 갯배를 끌며
나는 여전히 18세 고향집으로 간다

아버지의 눈물

온 나라가 눈물의 상봉으로 울던 날
아버지의 눈시울이 함께 붉어졌다

이산가족 찾는 칸에 어머니 눈치 보며
마음속에만 간직한 임의 이름 차마 적지 못하고
동생 이름, 자식 이름만 쓰시더니
한탄한 아픔 뒤로하고
그리움 찾아 하늘로 떠나셨다

아버지 밝게 웃으며
가슴 아린 임을 만나 고향마당 밟고 계실까
가슴이 미어지는 그리움들 찾으시려
아직도 가족 찾기 신청 중일까

6월 햇살은 이토록 따스한데
가슴 깊이 굳어버린 통곡의 한 뿜어내며
아버지의 가족 찾기는 71년째 진행 중이다

가버린 친구

술을 마시면 주정이 심하고
개구지던 친구
며칠 전 맛있는 피자로 한 턱 환하게 쏘더니
마지막으로 맛나게 먹이더니
여전히 웃고 농담도 잘하고 그러더니

죽음(자살)
비보(悲報)를 접한 그날은 친구 모두에게 충격이었다

여자친구 남자친구
야! 친구야, 너, 그러지마! 하면
찡그리며 웃고 그러더니
우리가 모르는 그만의 아픔 안고서
가버렸다 돌아오지 못할 그곳으로

항상 보듬으며 제일 친했던 한 친구
이렇게 보내야 한다는 사실에
눈가의 눈물 마를 줄 모른다
우린 지금 아파했을 너를 생각하며

명복을 빌고 너의 아픔을 마시고
개구지게 술주정하던 그때를 함께 마신다
친구야
뚜껑 열어보면 나는 너보다 더 힘들다!

역사적인 날

아이를 가슴에 묻고
제자를 처참하게 바라만 봐야 했고
부모를 잃어버린 그 사람
그때부터 아프고 아파했는데

함께 아파했던
우리는 남이었다
지금 다시 이슈다
눈물마저 말라버린 감정
아프다 아이러니다

우리가 무슨 말을 할 수 있는가
세월이 지난 지금
나와는 상관없어!
이젠 지겨워!
이젠 그만 좀 해라!

우린 남이었다
외침이 부끄럽다
세월호 인양
정의의 시작점
부디 그 아이가
나오길 빌고 바랄 뿐이다

슬픈 출근

진실에 묻혀
살려달라는 외침
저 깊은 심연 속으로
그렇게 떠나간 9명

지독히 아픈 상처
가슴에 묻은
그리움의 엄마가
그리움의 아빠가
바다를 향해 절규하며

오늘도 그 자리로
슬픈 출근을 하고 있다

잔인한 4월이여

영웅,
세상 밖으로 나오던 날

아~ 잔인한 4월
당신을 버린 당신의 용기
피 끓었던 심장 소리
칠흑 같은 밤바다의 슬픈 시대의 희생자

차갑고 시린 암울한 절망으로
어둡고 무서운 시간의 공포 속에서
슬픔이 비가 되어 내리던 날

가슴으로 쓴 추모의 글로
마르지 않는 눈물 대신하며
우린 그저 아파하며
당신을 잊지 않겠습니다

목숨으로 지켜온 시대의 짐
푸른 서해바다 영웅이여
마음속에 자리한
영원의 46인이여

또 다른 사월
-욕심이 낳은 세월호 희생자

한순간도 눈을 뗄 수 없었습니다
가슴이 먹먹해져 잠을 이룰 수도 없습니다

내가 할 수 있는 건
한 명, 두 명, 세 명……
제발 살아있어 마지막 한 명까지
구조되길 바라는 간절한 기도와
그런 바람뿐
그저 눈물만 나옵니다

우리에게 박수칠 수 있도록
제발 살아서 버텨주세요
희망의 끈 놓지 마세요
신이여 계신다면
칠흑 같은 바다의 공포에서
벗어나게 도와주세요

아~ 아~
스러져간 영혼
우리의 능력이 여기까지인가요

애타는 마음 부모 자식만 하겠냐마는
이 순간 우리는 하나 되어 기다립니다
2014년 4월 17일 새벽 4시
잠 못 이루는 간절한 기도로

당신들이 떠나며 웃던 그 모습을……
천사같이 환하게 웃으며 떠나던 아이들의 그 모습을……

바다는 아프다

수천 년을 언제나 그래왔듯이
바다는 말없이 넉넉한 풍요로움을 안겨줬었다
그런 바다를 우린 얼마나 많은 배신을 하고 있는가

아프다, 아프다
무관심 속에 병들어가는 바다다
아프다, 아프다
울부짖으며 토해내는 절규다
바다는 알지, 바다는 알고 있지
모래에 부딪히는 파도 소리 너머
고통으로 아우성치는 바다

흰 구름이 파란 하늘을 빛나게 하듯
영원토록 보존할 미래의 소중함을 짊어지고
포근하게 품어주던 그 빛나던 바다
건강하게 살려 함께 공존하며
어서 오라 허물없이 내어주고
잡아당기던 그날로 되돌아가

뱃고동 요란하게 울리며
청정 동해바다로 행복을 잡으러 가자

아버지의 고독

아버지 고기잡이 나가셔서
조미료 흩뿌려놓은 듯 감미로운
넉넉한 바다 햇살 받으며

비린 바다 너머 노을 던져놓으시고
덧없던 인생의 기억도 잡아 올리고
여유로운 인생의 멋도 끌어올리고

세월이 가는 흐름대로
여유로운 풍경의 그물 드리운 채
고독한 외로움의 바다를 잡고
예술만 건져 올렸다

연등 내리다

마음 편하자고
핑계 대며 걸었던 연등
그동안에 너무나도 많은
욕심을 걸었던 걸까

내달려도 답이 없는
상실의 시대

올해엔 욕심도 내려지겠지
그래도 네 편이다
부처님의 온화한 미소
내 마음을 아시는지

내가 아픈 이유 내가 우는 이유
부처님에게 들켜버렸다

강이 운다

강은 원한다
간절히
고요한 물빛 흐르던
그때를

나는 오늘 시를 쓴다

한적한 시골길을 걸으며
멀리 개 짖는 소리
소담한 초가집, 아낙네의 밥 짓는 소리
그런 풍경에 취해
시를 쓰고 싶다

한 포기 들풀이 제멋대로 자라나
아름답게 보이는 따스한 봄날
이 좋은 날에 나를 돌아보며
한 편의 시를 쓰고 싶다

하루 분량의 햇볕 좋은 날
베란다에 널어둔 빨래가
참 잘 말랐구나 하며
일상의 소박한 것
일상의 소중한 것
그것들로 시를 쓰고 싶다

햇살 푸르고 녹빛 향 나는 날
나는 오늘 시를 쓴다

송이

도대체 몇 살일까
주름이 그렇게도 많은데
선명하고 탄력 있는 굵고 짧은
바람둥이 양양송이

민들레의 홀씨처럼
송이 산의 무한한 자식 번식
섹시한 솜털이
소나무 숲으로 유혹한다

양양송이의 천년의 향으로

유서 1

인생의 속도가 너무 빠르다 보니
오늘 주어진 하루의 삶도
죽어가고 있다

생명이 다하면 보잘것없어져
성한 곳 한 군데라도 있다면
진즉에 약속한 장기기증을 해 주세요

싸늘하게 죽어있는 내 주검 앞에서
너무 울지는 마세요
긍정적으로 살아왔기에
그러려니 살아왔기에
고마운 사람들 생각에
울지는 않으렵니다

밥 먹듯이 외쳐대던 말
내가 죽으면 내가 죽으면
그 나무 은사시 밑에 뿌려주세요
저승사자가 찾아와도
안심하고 떠날 수 있도록

혹시 제가 뱉은 언어에 치여
상처받고 아파하신 분 어디 있나요?

추신:
1. 내가 뱉은 언어에 치여
 아파하는 분에게 빚 갚기
2. 고마운 친구에게 빚 갚기
3. 사망 시 보험금
4. 비상금 통장에 잔고

세상은 많이 힘들지만
아직은 살만한 가치가 있어
살아있음에
나는 유서를 쓴다

유서 2

그녀는 갔다
살도 찌지 않아 날씬하고
조금은 예쁘다는 소리도 들은
그래서 조금은 얄밉기도 한 그녀

언제나 웃는 얼굴 속엔
지독한 사랑의 통증을 감춘
그 웃음 뒤에 감춰져 있는 고통은……
은사시나무에 묻고

그 아픔은 과거형이 되었고
아무도 볼 수 없는 곳으로
편안하다

이조 시대 여자처럼 살아온
사랑 이야기는
가끔 술자리의 안줏감이
되어주고

찜질방 난민

"살아나올 수 있어 감사하다"
그날의 악몽을 겪은 주민들 한숨소리다

잃어버린 보금자리 생업 터전 뒤로하며
시대의 갈등으로 희생양이 된
거동조차 힘든 노인
얇은 이불 한 장 덮은 찜질방 난민
또 다른 공포로 부서진 삶

지구상의 유일한 꼬리표
안개 너머 바라본 우리의 현실이다
평화의 상징 비둘기야
남북으로 오가며 말 전해주렴

슬픔의 눈물 마르기 전에 기쁨의 눈물 흘리자고
까만 세상 하얗게 손을 잡자고
우린 서로 같은 하늘을 보고 있다고

그녀는 검문 중
-북에서 온 그녀

그녀는 오늘도 새로운 이름과 인사하며
경찰서 앞을 서성였다

그 강을 건너다 돌이 된 그녀

"배가 고파 그랬습니다
배가…… 배가 너무 고파서"
한 가닥의 자존심과 맞바꾼
몇 푼의 침묵을 눈물로 대신한다

죽은 자가 부러운 지난 현실 속에서
지은 죄 없이 쿵쾅거리던 심장

평생 가슴속에 지워지지 않는 상처를 안고
손발이 얼고 살이 까맣게 죽어가며
허기져 찾았던 아름다운 달빛에 물
아침이 되어서야 알게 된
끈적한 썩은 물웅덩이

아~ 아~ 어떻게 그 아픈 기억들을
잊을 수가 있을까요
싫은 기억 너머 추억으로 남을 수 있을까요
그녀의 두 눈과 두 볼엔 피 같은
눈물이 흐른다

기회가 주어지는 이곳,
주민등록증 손에 들고
경찰서 앞을 서성이던 그녀
새로운 이름과 인사하며
혼자서 검문 중이다

사월에

아직 맘을 열지 않은 꽃봉오리들과
한 줌 햇살로 봄을 흠뻑 마시며
설렘을 안고 피어난
향긋한 꽃냄새 가득한 벚꽃

사월에는 기대와 희망이
그 설렘만으로도 행복해져
기분이 말랑말랑
남편들의 코 고는 소리조차도
정겹게 느껴지나 봅니다

봄의 전령사인 개나리가
담장 너머로 슬며시 고개를 내밀더니
봄날의 상징인 새하얀 벚꽃이
화사하게 피어 터널 길을 만들며
어떤 이에게는 아름다움으로 눈물이 나고
어떤 이에게는 눈부신 슬픔으로

사월의 밤을 은은한 분위기로 연출
눈부신 시한부 생으로 살다
사월의 여정 다 토하고
꽃비 되어 내릴 것입니다

골목길 단상

사람들은 말을 하기 좋아하기에
저마다 철학자가 되어
인생을 살아간다는 건

잘 먹고 잘사는 사람, 아등바등 사는 사람
세상사 그렇고 그렇게 사는 것
다 거기서 거기지, 오십보백보

서로의 잔을 채워주고 부딪쳐가며
낡은 그리움을 안주 삼으며
골목길의 겨울밤을 마신다

그 자리의 그 골목이 매일 다르듯
다 다른 삶의 주인공,
골목에서의 철학은 깊어가고
가로등도 꾸벅꾸벅

술병 속의 술은 줄어들며
저편 기억 속으로 차곡차곡 갈무리한다
겨울바람에 나부끼는 선술집 등불이 차갑다

아이러니

여자들의 옷장에는 귀신이 산다
설명을 할 수가 없다

오늘 모임
외출 준비를 한다
옷장 문을 열고 선택하기 위해
이 옷 입을까? 아니야 이 옷으로 할 거야
아~ 아~ 입을 게 없어
며칠 전 사다 논 원피스 이건 아니야

수많은 옷장의 옷
선택할 수 없는 건
옷장에 귀신이 살기 때문

여자는 여전히…… 아니!
영원히 여자가 원하는 그 옷은 고를 수 없을 거야
여자의 옷장엔 귀신이 살기 때문에

치아공포실

원초적인 두려움 속에 방치한 세월
치아와 잇몸이 남아나질 않는다

그동안 동고동락
함께한 세월이 얼마인데
조그마한 빈 공간으로 이동하던
엑스레이 속의 저 화상
야속한 생각과 속상함
헌신짝 버리듯 차 버렸다

그 피비린내!

함께할 새 분신을 위해
윙윙거리는 드릴 소리와
온몸이 전기에 타는 느낌,
방어도 하지 못한 채
조금 더 참으며 버텨야 했던 건 아닌지
후회하며 내맡긴다

창밖을 보니 조용히 눈이 내리고 있다
새로움에 축복이라도 하듯
문득 뒤돌아보니 공포실에 두고 나오는
발걸음이 소름끼친다

오늘 밤에 치아 유령이 나오는 건 아닐까

독 웃음

책임 의식 없는 어른들의
독 웃음으로
말 잘 듣는 아이들
영원의 얼음땡 시켜놓았구나

파도여~
너는 아느냐
후안무치(厚顔無恥)*의 비겁함을

자애로운 신사임당 앞
가증스런 그 미소
저 혼자의 독 웃음으로
어리석은 자승자박(自繩自縛)**

* 얼굴이 두껍고 뻔뻔한 사람
** 자신이 만든 줄로 제 몸을 묶는다. 자기의 언행에 자신이 구속되어
   어려움을 겪는다는 뜻.

이슬만 먹고사는 여자

먹고 싶어도 먹지 못했던
아픈 마음
그래서 작아진 슬픈 허리
오래전 기억이 오늘도 아픔을 먹곤 하는데

나하고 다르다고
뭐든지 가린다고
먹지 못하는 게 많다고
눈총받는 그 여자

많이 먹으면 소화력에
먹은 건 거부반응, 되새김질
조금 먹어도 허락이 안 돼
그녀, 늘 상심이다

그래서 그녀는
오늘도 이슬만 마신다

고장 난 건물

공기마저 무겁게 가라앉은
차디찬 기계 위에
내 것이 아닌 채로 무너져 공사 중인
저 자신했던 지난 시절의 감각

시나브로 누적되어 망가진 채
아무 말 못 하는
축 늘어진 애처로움이다

좌측 날개, 우측 날개
요새처럼 견고하던 기둥까지
한순간에 한계를 모르고
마구 쓰다 된통 당한다

하나하나 잃어가고
꿰맞추기 위해 안간힘
지난날 자유를 찾아 버티며 공사 중이다

마취

우주선에서 내렸다
감각은 어디에서 길을 잃었는지
눈을 감은 채 고독의 별이 되었다
오른팔이 없다
나에게 무슨 짓을 한 건가

마음과 정신과 왼쪽 팔이
서로 찾으려고 만나려고
횡설수설 따로 노는 꼴
발버둥을 쳐봐도
허공만 휘저을 뿐

오른팔을 우주에 두고 온 건가
호위를 받으며 걷는다
수없이 희생했던 내 소중함
밤새 떠돌며 찾아다니다
빈 공간만 허 우 적

우주의 떠다니는 고독한 별이 되어
왼손과 오른손이 만난 건
25시간이 지나서였다

울림

소중한 정신으로 살아 숨 쉬는
오천 년 전 부르짖은 저 동해바다 영토
호시탐탐의 기회를 절대 주지 않는
맹수의 제왕 호랑이처럼
휘감고 포효(咆哮)하며 지키고 있는
비경의 독도를 벅차오르는
마음 가득 바라보는 순간

저 깊은 심해 속
뜨거운 가슴은 알고 있었다
힘을 주고 이 땅을 밟으며
굳이 부르짖지 않아도
기개 넘치는 장엄함으로
우뚝 서서 말한다 무언의 울림으로

눈부신 하늘과 청정 자연이 빚어 보내준
바다 햇살 안아주는 사계절 투명한 우리 국토
성난 파도로 외친다!
그 누구도 범접할 수 없는
영원한 우리 땅 대한민국 독도라는 걸

한계령에서

멋진 풍경과 따뜻한 차 한 잔이
한계령 정상에 발을 머물게 한다
굳이 깊은 산중으로 들어가지 않아도
짙은 운무가 산을 감싸 안은 모습

하늘이 내리신 축복이다
아~ 아~ 저절로 탄성이
화가가 그려놓은 한 폭의 그림 같은 절경
어느 누구인들 쉬어가지 않을까
어찌 이 아름다움을 글로 다 풀어낼 수 있을까

"소나무가 사람을 즐겁게 하는데, 어찌
사람이 즐겨할 줄 몰라서야 되겠는가"
율곡 이이의 말씀처럼
자연의 아름다움이 저토록 우리를 부르는데
어찌 그냥 지나칠 수 있을까

처음엔 등 떠밀려 왔던 곳
꾸불꾸불 고갯길에서
이제는 느림의 자유도 느끼며
스스로 찾는 한계령이다

어느 멋진 날

바다 향기 맡으며 갈매기 소리
어깨동무하고 친구삼아 가다
한가한 햇살 발로 톡톡 치고
푸릇푸릇한 풀 위로 자욱 남기면

훅 스쳐 지나는 청량한 바람 물결
감성 풍경이 뚝뚝 떨어지는 운치 있는 길에
정감 가는 뱃고동 소리와 초록 풀잎들

천천히 느린 마음으로 길을 걷다 만난
파도가 만드는 꽃가루포말 바라보는 그림 같은 카페
진한 에스프레소가 좋아 그 향에 푹 빠져
물빛 하늘에 잔잔히 내려앉은 노을 구름

풍경이 곱게 펼쳐진 멋진 하루
이런 화폭 속 풍경, 이런 동냥은 매일 얻고 싶다

주머니에 맑은 공기 부서지는 바다 햇살
소소한 행복 욕심 가득 담고 돌아온
이 매력과 사랑의 빠진 어느 멋진 날

4부

사랑, 아픔, 그리고 고독

이루지 못한 사랑
올가미에 갇혀있던 순간들
그리움이라 떠올리며
붙들지 않은 아쉬운 안타까움에
어디를 향한 일지도 없이 여행을 한다
돌아올 표시도 없이

비는 늘 아프다

오늘도 나설 용기가 없어서
골목길에 숨어
너를 지켜보는데
다른 사람 향해 웃고 있는 널 보고
흐르는 눈물이 비의 아픔과 돌아오곤 했지

어떻게 해야 이 마음 전할 수 있겠니
어떻게 해야 이 아픔 멈출 수 있을까
비참한 모습으로 돌아오는 길

떨어지는 빗방울이 함께 걸어가며
눈물이 빗물과 울고 있다
빗소리에 너와의 아픔이 떠오르고
빗소리에 너와의 추억이 사라진다
빗소리에 상처를 흘려보내며
나는 또 운다

비는 늘 아프다
빗물과 하루를 적시는 날이다
비는 늘 아프다
하루를 눈물로 적시는 날이다

바다

허물어진 사랑에 가슴이 아파
참을 수 없는
절망 한 아름 안고
바다를 찾았을 때
바다는 들려줬다

절망의 뒷면엔 희망이 있다고
바다는 속삭인다
끝없는 기다림
그런 게 사랑이라고

방황의 끝을 찾아

잠들지 못하고
꿈길 멀어 헤매는 이들을 위해
방황의 끝을 찾아보는
처절한 몸부림
날개
파닥이고 있다

연약한 이들만의
남모르는 안타까움이여

희망이 있으리라 싶은
내일을 위해
이 밤 방황의 끝을 접고
조용히 잠들고 싶다

잠들지 못하는 이들을 위해
이제 잠들고 싶다

등불

그대
삶이 고달프다 생각되는 날
작은 미소 한번 지어보세요
최선 다하지 못한 삶이기에

다가올 날
희망의 등 밝히시면
내 목숨 다하는 기도로
고달픔에 겨운 그대
편히 쉴 수 있는
따스한 세상이고 싶습니다

그대, 삶
고달프다 말씀하시는 날

사랑하므로

그대를 사랑하므로
그리워하며 살렵니다

내 작은 가슴
언제까지나 아플지라도
못 견디게
그리워하며 살렵니다

오늘 흘린 내 눈물
내일의 그 맑은
이슬로 풀잎에 맺듯
그리워하며 살렵니다

아픔에 지친 영혼이
영원 속으로 아스라이
사라져갈지라도
그리워하며 살렵니다

그대를 사랑하므로
그리워하며 살렵니다

존재

그대의 사랑
그대의 배려
나, 그대에게
익숙해져 있습니다

존재하고 있다는 것조차
몰랐던 내가

그대의 사랑 그대의 배려
그대가 내게 감동을 줍니다

그대가 있는 나이기에
그대의 흔적
그대의 몸짓 하나하나로
곱게 채워가는 노트입니다

그리움엔

아픔을 닮은 그를 만나고 싶다

이별의 크기
그리움의 크기도 닮은 그를
만나고 싶다

가을이 가며
낙엽의 흔적 남기기 전
애달픈 이 맘 전할 수 있는
그를 만나고 싶다

고독이라는 가면을 감추고
슬픈 뒷모습 전할 수 있는
그를 만나고 싶다

슬픔과 아픔
삼키듯 묻어 줄 그를 만나
고독 속에 숨어
숨조차 쉬지 못한 시간
흘려보내고

그리움의 문을 열어
눈시울 적시고 싶다

이 가을이 가기 전
아픔을 닮은 그를 만나고 싶다

독백

어두운 밤
외진 골목 돌아설 때
잡을 수 없는
휘청거리는 넋두리
추적이는 가을비에 휩쓸리고

이리저리 부딪히며
돌아오지 않는 하루
어둠의 끝으로 사라지는 시간을
아쉬움에 하나의 넋두리를 붙잡고
떠날 수 없는 이야기로
밤을 적셔본다

누군가 나누고 싶지만
나누어지지 않는
넋두리
살아있음이 우습다

삭제

분명 놓아야 하는
추억 속 목마름의 줄 놓지 못하고
얽어매고 있는 미련함에
한 잔 술을 마신다

숨 한번 크게 쉬고
아파했던 기억들
하나 둘 끄집어내며
술 한 잔
더 마신다

미치도록 뜨거운 그리움에
비틀거리며
미치도록 뜨거운 눈물로
몸마저
형체도 없이 녹아버린다

진저리나는 전율을 느껴가며
주검이 되어가는 상처투성이
이승의 기억들을 찾아
벗어나야 한다

하나의 너

오래전 잃어버린 날들과
지워지지 않는 낡은 기억
햇살 따사로운 가을이 채워주고 있다

또 하나의 너를 스치며
노을에 기대는 저녁
순수의 하루 속으로
나를 비워낸다

하루가 끝나는 저녁
말없이 가고 있는 가을을
가쁜 숨 몰아쉬며
잡아본다

또 하나의
그리운 의미기에

고독

그대에게 다가가고 싶습니다
그립고 보고픈 마음
가만히 열고

이 가을이 온 어느 날
꿈속에서라도 다가가고 싶습니다

삶의 허무 속에 아픔을 삭이고
눈물 삼키며
혼자임을 느껴야 하는
나는 고독입니다

낯선 자유

자유를 향해 바다에 섰다
낯선 자유가 나를 두렵게 한다
침묵의 바다는 언제나 고요하고
내 섬뜩한 미소에
바닷새들이 날아간다

내 속에서의 뜻 모를 절망이
나는 숨이 차다

살아 있는 바다가 살며시 속삭인다
절망이란 허물을 벗어 던지면
낯선 자유가 아닌
진정한 자유인이라고

너나들이

소리 없이 늙어가는 가을을
뒤로 보내고
약속하며 돌아오는 그리움
만나면 준비하지 않은 이별에
가슴이 아파하지만

잠시 맡긴 인생에서 만난 너와 나
사랑을 나눔에 진실의 마음 열어
이야기보따리에 행복해하고
만나면 헤어짐에 아쉬워하는

늘
그리움 뒤에 서 있는 존재의 가치

그리운 그대와는
너나들이

*너나들이: 서로 마음 터놓고 지내는 친구와 같은 사이

은사시나무

촘촘히 겹쳐서
실루엣을 이루는
은회색의 숲속

비에 젖으면 젖을수록
생기 넘친다는 너

초점 흐린 내 맘
빛으로 쏟아지며
주위를 밝히는 등불 같은 존재

빈 마음 빈 가슴

너에게로 가는 세상
너의 빛나는 무덤에
기대어 울며
나를 태우고 싶다

지독히도 그대 그리운 날

착각

잠들지 않는 거리의
창문을 흔드는
님의 기척인 줄 알았는데
스쳐 가는 바람 소리였어

창문 밖 빗소리
님의 노크인 줄 알았는데
슬픈 선율의
소낙비 내리는 소리

그대는
깨뜨릴 수 없는 어둠 속
스쳐 가는 타인이었어

끊임없이 되뇌는
공허한 바람만이 가득한
음울한 내 모습
지나는 바람이 말했어

네가 만든 착각 속에 빠진 거라고

시나브로

상처의 바다에
아픔을 다 쏟아 버리고
돌아오는 슬픔의 길에
비가 내린다

가식의 모습이라도
삶의 일부에서
잊혀야 할 추억
비 내리는 거리에서
되뇌본다

한 생, 살아가며
그리운 이 없는 슬픔보다
그리워하는 아픔으로
세월에 날 맡기며
더러는 아파하고
더러는 그리워하며

바람이 불고
비가 나릴 때마다
시나브로~ 시나브로~
지워주겠노라고

추억을

가슴앓이

보고파 보고파서
눈물이 납니다
그리워 그리워서
가슴이 아파옵니다

그대와의 만남으로
자리 잡은 가슴앓이
행복의 미 소 인 가 요
불행의 미 소 인 가 요

마음에 아픈 그늘은
그대 있음으로 보고픔이고
그대 있음으로 그리움이고
이 가슴 다 하도록
슬픔입니다

외로운 줄 알면서
그리워하는 건
비어있는 영혼의
자유로운 상사병

흔적

움츠리며 기다린 기나긴 시간
같이 있어도 늘 보고 싶고
그리운 사람아
그대만 보면 가슴 시리다

그대와의 지독한 사랑
수많은 시련으로 깊어만 가고
가는 시간 잡기 위해
늘 허우적거립니다

사랑보다 가슴 시린 아픔을
그대 내게 주었지만
그 아픔마저 사랑합니다
내 안의 그대 흔적
지독히도 자리했기에

내 안의 눈물

그리움을 가슴 깊숙이 간직한 채
흔들릴 때마다
한 잔으로 나를 지키며
사랑했던 죄
창살 없는 감옥에
나를 맡긴다

어느 순간 다가와
내 안에 뿌리내린
그대의 흔적은
폭풍을 만나 신음하는 고통처럼
벗어버리고파
길들여진 익숙함이
창살 없는 감옥에서
허 우 적 댄 다

그대를 떠나보낸
그 순간,
그 자리에
멈춰진 시간의
그리움이 나를 불러
내 안의 눈물로
유배시켜버렸다

존재의 이유

기다림의 시간을 가지고
빈자리 한 곳
당신을 위해 남겨놓고 있습니다

절실한 기다림을 갖는 건
홀로 있어 그대 그리울 때
우리라는 이름이 가슴 깊이
존재하고 있기 때문입니다

삶의 뒤안길이 슬픔으로 얼룩져
아무리 아프고 아플지라도
오늘 밤 내내 빈 하늘을 바라봅니다

우리라는 존재를 생각하며

연습

늘
헤어지는 연습만 하다
시커멓게 멍든 가슴 안고
부서진 세월에
그어 논 선 밖에서
서성이는 슬픈 고립

형틀 같은 삶을
살아가는 너의 아픔을
눈물의 술잔으로 위로하고 싶다

그래도
아픔은 살아있는 자의
특별한 행복이라고

암연(黯然)

숨을 죽이며 멀어지고 있다
멀어져 추억되어버린
치유할 수 없는 상처들

길가의 가로등이
늦은 밤 슬픈 모습으로
가여운 영혼을 달래며
소리 없이 흐느낀다

가로등의 적막
대답 없는 혼자만의 암연(黯然)
가슴 시리다

표시 없는 여행

끝이 없는 여행을 한다
기나긴 고통의 시간들
익숙해지고
누구도 채워줄 수 없기에
낮은 소리로 아파한다

어디를 향해 가는지
영혼은 잠시 부서질 몸뚱이에
머물다 가고
지친 육신에 건드릴 수 없는 위안일 뿐

이루지 못한 사랑
올가미에 갇혀있던 순간들
그리움이라 떠올리며
붙들지 않은 아쉬운 안타까움에
어디를 향한 일지도 없이 여행을 한다
돌아올 표시도 없이

가을 타는 여자

서랍 속에서 가을을 꺼내보았다
버릴 수 없었던 기억들의 가을 서정
애잔한 가을을 아쉬워하는
그 여자의 색깔은 갈색

채워도 빈 것 같은 흔들리는 허전함에
뒤를 돌아다보니 어느새
외로움과 고독도 함께하고 있다

눈이 부시는 가을 오후의 풍경
가을꽃(秋花)에 마음마저 엉키어
가슴을 아리게 한다

트렌치코트와 심플한 머플러
가을 타는 여자는
서랍 속에 가을을 넣고
꼭, 닫고 있다

가을 타는 남자

누군가를 기다리는 벤치
흔들리는 존재
그 남자의 지독한 고독
어깨를 스치는 바람 한 줄기
눈물 시리다

뒤돌아볼 여유 없이 달려온
기억조차 잃어버린 안타까움
위기에 처한 남자의 고독은 본능이다

바바리코트는 필요악
허가 낸 갱년기이다

가을 타는 남자는
외로움과 고독을 지출하고
마른 낙엽 밟으며 코트 깃을 세운다

마치 계절의 낭만을 즐기는 사람처럼

바보의 사랑

그 오랜 세월 붙잡은 게 뭐였는지
기억이 안 나
바보같이 세월을 먹은
그건 사랑일까 미움일까 아픔일까?
그건 아무것도 아닐 거야

콕 짚어서 사랑이라고
미움이라고 아픔이라고
그렇다면 그건 미친 사랑일 거야
바보의 사랑일 거야

손사래를 치며
부정하고 싶어
지나온 것에 대하여
다 말할 수 없어서
바보처럼 살아온 그 긴긴 세월의
시커먼 속을 어떻게 보일 수 있겠니

토해내고 싶어, 울부짖고 싶어
그건 아무것도 아니라고
아무것도 아니었다고
바보가 한마디 할 거야
그 옛날에 나로 돌려줘

겨울 증후군

이맘때면 창문이 큰
도심 속 카페에 앉아
지독히도 쓴 커피와
어설픈 소음도
사랑스럽게 비껴가게 하는
그리운 노래 한 곡 들었으면 싶다

겨울바람 타고
작은 떨림으로 다가와
내 마음을 훔쳐 가도 좋은
그런 여유로움으로
오래된 흑백사진 같은
추억하나 만들고 싶다

겨울비도 좀 운치 있게 내렸으면
비가 들려주는 타악기의 울림
비가 주는 분위기
차분한 감성에 젖어
가슴 설레는 그런 느낌이고 싶다

모처럼 기나긴 겨울
고독을 즐기는

눈물 나는 날

김정희 지음

발행처   도서출판 **청어**
발행인   이영철
영업   이동호
홍보   천성래
기획   남기환
편집   이설빈
디자인   이수빈 | 김영은
제작이사 공병한
인쇄   두리터

등록   1999년 5월 3일
          (제321-3210000251001999000063호)

1판 1쇄 발행 2024년 1월 20일

주소   서울특별시 서초구 남부순환로 364길 8-15 동일빌딩 2층
대표전화 02-586-0477
팩시밀리 0303-0942-0478
홈페이지 www.chungeobook.com
E-mail   ppi20@hanmail.net

ISBN   979-11-6855-221-0(03810)